노래하는 구지봉

신현득 제8국민시집

노래하는 구지봉

지금도 들리는 구지봉 구지가

제8 국민시집을 엮는다.

이에 앞서 일곱 번째 국민시집으로 항일시 『속 좁은 놈 버릇 때리기』(2015)를 낸 것이 2년이 지났다. 그 전전해(2013)에는 중공의 동북공정에 항의하는 『동북공정東北工程 저 거짓을 쏘아라!』를 제6국민시집으로 낸 일이 있다. 독자들 반응이 아주 좋았다. "이렇게 민족을 걱정하는 시도 있네요." 하는 찬사에다 "이렇게 잘 읽혀지는 시는 첨이지요." 라는 말을 곁들이는 이가 있었다. 그 말에 나는 쉬운 시 쓰기가 쉽지 않다는 말을 들려주기도 했다.

또 그 전해(2012)에는 우리의 분단에 항의하는 『우리를 하나의 나라로 하라!』를 제5국민시집으로 내었는데 우리의 분단은 세계사에서 '20세기의 죄악' 이라는 말로 항의를 했다.

이러한 시는 나의 전공이 아동문학이다 보니 내 안의 동심이 아픈 것을 아프다, 하고 소리친 그것이다.

이렇게 주제가 있는 시집 몇 권을 내고보니 주제 밖에 있는 소재들이 쌓이게 되었다. 이번 8집은 이들을 거두어 한 권으로 엮고

작품일자를 작품 끝에 적기로 했다. 우리 동인지 〈이한세상〉에 발표했던 시작품이 중심이다.

60여 편을 6부로 나누고 1부는 농촌과 고향의 서정, 2부는 시작詩作과 시론詩論적인 이미지, 3부는 객관화해서 본 나의 위치, 4부는 생활에 파고든 내 나이, 5부는 역사에서 얻은 소재, 6부는 내 세대의 일상을 내용으로 했다.

제호를 『노래하는 구지봉』으로 한 것이 의의가 크다. 삼국유사 가락국기의 구지가는 태고적 노래이면서 구성이 현대적이다. 〈나비야 나비야〉로 시작되는 나비 노래나, 〈새야 새야〉의 파랑새 노래, 〈망아지야 망아지야〉의 망아지 노래와 짜임이 같아서 이들 곡에 맞추어도 노래가 된다. 또한 우리가 수천 년 역사를 이어온 노래의 민족이라는 것, 생명들과 친해온 민족이라는 데에 긍지를 갖자는 뜻이 되기도 한다.

구지가에서 시작된 가야의 역사가 작은 것이 아니었음을 일깨우는 데에도 목적이 있음을 적어 둔다. 구지봉에 가 보면 지금도 〈거북아 거북아…〉의 노래가 들리고 있다.

「힘드는 가정법」 한 편은 6집의 주제이지만 또 한 번 피토할 일을 돌이키고 싶어서 한 편을 더 썼다. 하늘도 무심했다는 우리의 노여움을 이젠 하늘이 알아차릴 것 같다.

수고하신 사가정四佳亭 선생의 후예 서영애 대양 사장님, 포은圃隱 선생의 후예 정영하 편집국장님께 감사를 표해둔다.

우리나라 4350(2017)년 섣달

고구려의 아이

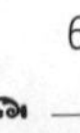

차례

제4부 아직도 고마운 손

제5부 노래하는 구지봉

제1부

춘경春耕의 농심農心

고향의 달

고향에 가봐야 아버지는 마날 수 없지.
아버지 다니시던 마을길과 만난다.
괭이 메고 쇠고삐 이끄시던 길.

소를 들여매고 아버지는 멍석자리에 앉으셔.
어머니 차려오신 밀국수를
가족과 같이 드셨다.

"허, 달이 커져 있구나.
세상이 같이 커는 거라니 몇 만 촉일까?"
가끔 아버지는
농부답잖은 시를 얘기하셨다.

고향에 가봐야 이 나이에
어머니를 만날 순 없지만
어머니와 같이 만나던
몇 만 촉 달을 볼 수 있다.

〈이한세상동인 15집 『소나무 워낭소리를 듣다』(2013)〉

고향, 무겁지 않네

가슴에 내 고향.
한 들판 논과 밭, 들과 산
모두를 지녀도 고향이라니 무겁지 않네.

갓골봉 산줄기 골짝과 골짝
바위라는 바위, 나무, 나무, 물과 물,
구름이라는 구름을 모두 지녀도
고향이라니, 가슴에서 넘치잖네.

수바우, 또남이…, 곱던 친구 얼굴,
웃음소리, 목소리,
소울음, 새벽 닭, 바람소리, 새 소리.
울부짖던 소나기, 천둥소리가
고향 것이라, 가슴에 살아 있구나.

이 모두를 손에 놓아 들고 보다가
어매 얼굴을 그 위에 크게 얹어도.
당상나무 선왕숲 위에
둥근 달을 크게 크게 띄워도
고향이라니 가슴에서 놓이지 않네.

〈한국시문학아카데미 가을 시낭송(2016. 10. 7.)〉

호남들 벼 포기는

벼포기 하나가 지닌 땅은
여기서도 한 뼘 둘레다.
만경강, 동진강 물을 나눠 마시며
포기 포기, 모여 모여 쌀을 익힌다.

전주 · 이리 · 정주 · 군산이
완주 · 옥구 · 김제 · 부안 · 익산 · 정읍 · 고창을 불러와
고을 경계를 지우고
노령산 줄기를 울타리 삼아 모인 벼포기들.

손잡고 보니 호남들이 되었네.
고개를 드니 호남들 하늘이다.
하늘에는 별도 총총 가앙가앙 술래…

밤하늘에 넘치는 별별별….
들에 들에 넘치는 쌀쌀쌀….
전국을 먹여, 배불리는 호남들판.
우리 곡간이 푸르다.

〈2011. 11. 10.〉

백로여, 하얀 날개여!

태백의 발끝, 절경의 청산이 어디던가?
우리는 이 한 모롱이를 '덤밑' 이라 이름지어 불렀네.
"금강산 만물상 다음이다, 이 절벽을 감추어라!"
전하는 말씀을 지켜 조상의 손들이, 그 앞에 솔숲을 가꾸었네.

광복의 기쁨 속에 하얀 날개들이 숲을 찾아 들었으니.
백의민족에 백의의 날개요, 고장의 서광이라.
마을의 동심은 '황새 덕새…' , 전래의 동요를,
농심은 포은圃隱 모친의 백로가白鷺歌를 같이 불렀으니….

백로여 하얀 날개여, 네들이 잠든 봄을 깨워, 꽃잎을 열고
높이를 골라 둥지를 보듬고,
소쩍이 자장가, 앞내의 물소리로 아기새를 키우며
해충을 거두어 먹이면서
여름 산천에 푸른 서정을 가꾸며 외치는구나.
"왝, 왝!" 얼씨구!

평화의 산천에는 소먹이 목동의 피리소리.
달뜨는 밤이면 찡과리 농악에,

치야칭칭, 농요에
키다리 동수나무도 어깨춤이 난다.
백로 하얀 날갯짓이 장단을 짚나니
"왝, 왝!" 절씨구!

후삼국 통일에 의롭게 일어섰던 의성義城 우리 고장.
새로 꽃피는 신평新平, 그리고 백로 도래지渡來地 중리中里에서
너희들로 하여 오늘, 청학青鶴의 길이 열리고
애향의 목소리, 결의의 손뼉 소리가 이 자리에 모였구나.

백로여, 끝없는 비상 하얀 날개여,
"왝!" 한 번 더 "왝 왝!"
고장의 발전을, 나라의 통일을,
이 들판의 풍년을 같이 외쳐라!

〈2012, 고향 청학(青鶴)마을 백로 잔치에서〉

춘경春耕의 농심農心

씨앗이 씨바구니에 담기면서
어리광을 한다.
농심이라야 그걸 알아듣지.

"표 도둑들이 나라 일은 않고…."
그런 의분을 느끼면서

조상 적부터 나라를 먹여 온
손이 나선다.
봄갈이 시작이다.
버드나무 새잎에 놓인 햇살의 무게를 본다.

힘으로 쟁기를 끌던 소는
고사古事의 얘기.
오늘의 우린
투덜대는 경운기 소리까지 알아듣는다.

손으로 묻는 씨앗.
혼자를 위해 씨뿌리는 자는 없다!

모두에게 나뉘어질 풍요를 위해
농심이 나섰다.

대지大地, 그 어머니
너른 품이

씨앗을
어리광 채 받아 안는다.
안긴 씨앗이 포근하다.

〈농민문학 2017. 봄 · 여름호〉

추수에 앞서

거두기만 해서 되는가?
이 동안, 봄에서 가을까지
자연의 어미 아비들이 어떻게 그 대지 위에
싹튼 씨앗을 들고 귀여워 입 맞추며
키웠는가를 더듬을 일.

거두기만 해서 될 일 아니지.
흘린 땀은 젖혀 두고도
우리 노동의 손끝이
고마운 햇빛을 거두어 포기 포기에 나누다가
이들을 쓰다듬다가, 북을 돋우다가
호미 끝에 찍히고, 낫날에 다친 일을 생각할 일.

거두기 전에 생각할 일이 또 있지.
이들 사랑의 낟알이
한여름의 가뭄에 젖배를 곯지나 않았는지?
목마름을 어떻게 견뎠는지?
목마름 끝에 닥친 폭우와 광풍을
어떻게 버텼는지?

하늘 찢는 우뢰에 놀람이 없었는지?

거두기 전에 생각할 일이 또 있지.
폭우라지만, 생각하며 골고루 뿌린 비의 감동을
광풍이라지만, 구름을 몰고 가뭄을 찾아다닌
바람끝의 고마움. 그래서

조상이 잡은 조상의 터에, 이런 은혜로
조상이 이룬 논밭에 풍년이 푸근해졌으니
이 감동의 가을에
꽹과리 깨갱 깽 깽
북 소리 두둥 둥 둥.
풍년의 가락을 띄울 일이다!

〈농민문학, 2015 겨울호〉

목 침

이보게 모두,
오늘 밤 구담댁 초당으로 모이세.
아무개가 내는 막걸리가 있네.

“목침 베고 누워
세상 이얘기나 하세.”
동장 친구의 말이다.
목침이라!

고향에 왔으면
초당방 목침 이 놈을 끌어다 베고,
나를 놓고 눕는 게 옳다.

초당방 것 이걸 베어야
얘기들이 정답다.

"농사가 어떤가?
 막내, 대학 뒷바라지라고?"
"곡식은 개량종이 많네."
"외양간 소는 조상소 그대로제?"

목침은 베어야
지나간 고향 얘기
30년이 잘 들린다.

〈2017. 8. 10.(목)〉

둘레의 예술가들

파리를 미물이라 생각한 일 없다.
파리는 발로 밥맛을 아는 예술가다. 이건 사실이다.
빨대 하나씩 갖고 찰진 것, 별맛을 골라서 곡예를 한다.
더러 사람의 손뼉에 맞기도—,
그래서 목숨을 건 예술이다.

파리 중에서도 지혜로운 놈은
발로 말을 하고, 눈으로도 듣는다.
지혜롭지 못한 놈도 손을 자주 비비면서
자신을 돌이킨다. 행위예술이다.

귀뚜라미는 날개를 긁어 음악을 연주한다.
그러면서 무릎관절로 듣는다. 사실이다
남의 노래도 무릎으로 듣는다.

귀뚜라미 더듬이 곁에
기쁨을 재는 귀가,
달빛을 맛보는 눈과 같이 있다.
암흑이 짙을수록 노래가 곱다.

귀뚜라미 예술이다.

귀뚜라미보다 지혜가 밝은 풀잎사귀는
소리 없는 예술을 생산한다.
하얀 영양을 만들어 열매와 뿌리에게 주고 있다.
"이걸 지니고 있거라, 네들 양식이다."
엄마 목소리를 낸다. 사실이야.

솔바람도 몇 가지 목소리를 지녔다. 그러나 가냘프다.
예술 중에서 가장 심한 목소리가
번개를 거느린 천둥이다.

꽝!
듣거라 꽝! 꽝!

〈한국시낭송회의 제176회, 2017. 12. 29. 예정〉

숲에서 듣는다

인간의 지사들이 숲에 앉아
귀를 모은다.

"우리들, 손잡은 숲은 초록 모임이야.
나는 절개의 소나무.
애국가 둘째 마디에 오를만하지.
내 하는 일은 초록으로 산소 만들기."

한 사람 지사가 하는 말.
"소나무 그 말 들을만하네."

"나도 하는 일은 산소 만들기야.
나는 떡갈나무.
도토리를 수두룩 달지.
다람쥐 양식이거든."

또 한 사람 지사가 하는 말.
"떡갈나무, 그 말도 들을만한 말."

"나도 산소 만들기야.
나는 스무나무. 수두룩 가시를 지녔지.

나무도 요만한 무기는 지니면 좋아."

또 한 사람 지사가 하는 말.
"스무나무 그 말도 들을만한 걸."

"나는 억새풀.
잎으로 산짐승을 먹이지.
초록으로 산을 덮고, 초록으로 산소 만들기야."

또 한 사람 지사가 하는 말.
"억새풀 그 말도 좋은 걸."

귀 기울이던
인간의 지사들.
"우린 초록이 없으니 어쩌지?"
"산소가 되세. 우린 산소야!"

지사들 그 말에 초록 마을, 초록 모두가
감동을 했다지.

〈2017. 9. 30. (토)〉

우리 논둑, 초록길을 붓으로 가꾸자!
— 농민문학 100호에

100호라! 《농민문학》
그 쌓임이 땀이었구나!

오늘은 구름도 단비를 거두고
구름 끝에서 꽹과리 소릴 낸다.
농촌, 농민, 농민문학이 같이 울리는
징과 북소리가 뒤를 이었다.

얼씨구, 100호라!
앞세운 농기 너머, 8월의 햇살이 풍년을 펴고
세상이, 문단이 축하의 꽹과리에 어울렸다.
저건 뭐냐? 농주 사발에 술통이 따르네.
취해보자, 얼씨구!

역사에서 무엇이 줄기였던가를 따지자 했지.
수천 년을 누가, 이 백성을 먹이고 입혀 왔던가, 했지.
누가 이 강토를 거머잡고, 침략 40년의 독립혈사를 썼느냐고 했지.

그렇다, 그렇다며 농민의 땀을 위해 붓을 들자 했지.
목소릴 모으자 했지.
겨레의 향수를, 겨레의 씨앗을, 겨레의 농촌을 가꾸자 했지.
뜻을 세우고 뭉쳤던, 지성의 손길에서 땀이 흘렀구나.

농민복을 차려 입은 춘원의 〈흙〉이.
맥고자 눌러 쓴 심훈의 〈상록수〉가
흙의 향기 무영의 〈제1과 제1장〉이
농기에 맞추어 하나씩 깃발을 들었다.

승규 선생 〈살아 있는 흙〉이
매곡 노천리 기념관에도 깃발을 걸고
우리 흙의 작가 목향木鄕의 집념이
신화의 자락으로 펄럭인다. 얼씨구!

농민문학이다! 하고, 동인의 심중에 뭉쳤던 것을
다 이루진 못했지만, 성과는 크다.
서로 안고 앞날을 더 열어 가자며
민족의 영양소, 그 쌀알이 되자며,

오늘 100호의 날에 농민문학 동인 모두가 나섰다.
여기서 멈출 수 없다며
우리 논둑 초록길을 붓으로 더 가꾸자며
《농민문학》이 펄럭이고 있구나.

소리치는 구름 끝을 보아라
《농민문학》 100호, 우람한 높이!

〈농민문학 2016. 여름호〉

도봉산 인수봉

도봉산 오솔길. 꼭대기의 꼭대기가 인수봉.
백운, 만경을 거느린 삼각산 제일봉이다!
등반 자일이 얽힌 하얀 암벽 위에
2천년 앞서 온조왕이 섰던 자리가 있다.

온조왕이 신하를 이끌고 여기에 올랐던 건
그날의 위례성과 다음의 한양성과 다다음 날의
대한민국 수도를 터잡아 두기 위함이었으니.

여기 서서 온조의 그날처럼 휘둘러 볼 일이다.
북에서 굽이쳐 달려오는 백두의 산자락.
남으로 휘둘러 흘러가는 아리수 천리.
그 너머로 펼쳐지는 경기ㅅ벌을 보면 안다.

여기 인수 하얀 봉우리에 서면
세계에 내놓을 우리 자랑이 얼마인가를 안다.
나라 깃발은 왜 높이 휘날려야 하는가를 안다.
우리의 만세는 왜,
세 번을 높이 소리쳐야 하는가를 안다!

〈이한세상동인 18집 『반잔의 술』(2016)〉

제 2 부

시와 함께 먹고 자고

시인의 대답

뭘 하는가?
시를 쓰네.
그 이상 좋은 일이 없지.
그래서 시를 쓰네.

건강은?
시를 쓰니, 건강에도 좋으네,
밥맛도 있고.

다른 일도 술술 잘 풀리지.
둘째놈 장사도 잘 되네.

시를 쓰니까
그 보람이 날게 돼.
보람의 바람으로 날지.

날개는?
없어도 날지.

〈2013. 7. 14.(일)〉

시작詩作으로 시작하는 아침

그러한 날 아침은 밥숟가락부터 시어를 찾는다.
맛깔 · 영양 · 소화… 등
재미가 빼어난 낱말을 외우며 찾는다.

숟가락은 비타민의 이름, 영양가를 잘 안다.
"내가 먹여주니까 너희가 하루의 시간 위를 걷는 거다."
숟가락이 어머니 같은 말을 한다. 그 말씀이시네.

아침을 뚝딱 마치니 해가 뜨네.
해는 방향을 정해 두고 걷는 거대한 엄마야.
천수천안千手千眼의 엄마는
세상을 고루 살피며 당신의 여러 손으로

온갖 손에 밥을 놓아 주는군.
"먹어라. 크거라."
빛으로 하는 말. 햇빛이 말씀이네, 시네.
온갖 초록손이 흔들리네. 시네.

반짝이는 구름이
하얀 빛깔의 시네.

내 몽당연필이
주머니서 시를 적으러 나온 게 이때다!

〈이한세상동인 18집 『반잔의 술』(2016)〉

내 시의 숲

사람들 목소리도
남을 위한 선행도
내 시의 기능도
자랄 수 있는 것이면
일단 숲이라 이름 지어 두자.

목소리의 숲, 목소리 나무에는
목소리가 조롱조롱.
선행의 숲 선행 나무에는,
그 얘기가 조롱조롱.

목소리의 숲은
인간 사이에서 자라
인간을 둘러싼다.
민주주의가 딴 거 아닌 목소리다.

선행의 숲은 거리에서 자라
거리를 둘러싼다.
사람 모두는 자기와 남을 위해 착하다.

인과의 복 열매가 갚음報만큼씩 나눠진다.

내 자아의 시 숲은 내 안에서 자라
끝까지 나를 달랜다. 가슴에 가득하다.
내 숲, 내 시나무 가지마다 시편이 조롱조롱.
기쁨, 즐거움, 재미가 같이 열려 흔들린다.
조롱조롱 조롱조롱 조롱조롱….

〈2010. 9. 29〉

시의 영양가

처음에는 속다가
아니구나, 하는 시가 있고,
목소리가 꽃으로 된 시가 있고,
실망을 시작으로 미래가 보이는 시가 있다.

한두 줄에서도 향기 나는 시.
꽃향기,
인간의 향기가 같이 나는 시.

산채 맛 나는
김치 맛 나는
호박무침 맛, 나는 이것은

된장 조금,
고추장 조금 놓아
비벼서 맛봐야 되는 걸.

얼큰한 국에
막걸리 한 잔 같은 시.
씹을수록 은근한 시.
고향 냄새, 고향 맛 나는 시가 있지.

이들이 지닌
조금씩,
많이…,
시의 영양가.

그리고, 그리고
눈물 몇 방울!

〈도봉문협, 찾아가는 시낭송회(2013. 10. 17.)〉

시와 함께 먹고 자고

시와 함께 자고 일어났다.
시를 안고 잤다.
시에 안겨서 잤다.
간밤의 꿈이 황홀했었지.

같이 세면장에 들어가
시 너의 얼굴을 씻어주고,
머리칼 빗겨주고
겸상으로 하루의 영양을 취했지.

이놈이 내 사무실까지 와서
작은 의자를 당겨 놓고 곁에 앉는다.
모르는 걸 캐어묻기도 했지.
외롭다며 기대기도 했지.

같이, 목롯집에서 술 한 잔을 나누고
같이 취해서 어깨동무로 술집을 나섰지.
돌아갈 곳은 한 자리.
너와는 어쩔 수 없이 한 몸.

먼 길의 동행자야.

그러는 사이에 이놈이 내 노우트에
한 편 초고를 내 이름과 같이 적는다.
진짜 한 몸 됐네!

〈문학의강 2013. 여름호〉

반가운 인사

"시가 좋아졌군."
시인에게는 젤— 반가운 인사다.

시가 좋아졌다는 말처럼 농부에겐
"곡식이 잘 크네."
그게 반가운 인사.

산천의 숲이 움쩍움쩍 크고 있던 날
갑자기 통일이 돼
들뜨던 마음 사흘 쯤 가라앉히고
잡을 손 잡고, 나눌 인사도 지금 생각해 두세.

"통일이 됐으니 이제는 할 일을 하세."
이보다 반가울 인사는 달나라에 가도 없지.
이제, 심을 걸 심고, 가꿀 걸 가꾸자는 말.

이때 되면 우리 가꾸는 시도 산천의 숲처럼 좋아지고,
심은 곡식 포기도 손잡고 자라고
"시가 좋아졌네."

그 인사가 더 신선하게 들리고

"농사가 좋군."
그 인사의 화답이
"농사가 좋고 말고지.
　자식 농사, 교육농사, 재산농사, 효도 농사,
　다 좋으네."

그 인사의 화답이
"국민 농사, 민족 농사도 모두 좋으네."
"작은 포기, 내 시농사도
　열매가 잘 익고 있네."

〈2013. 7. 29.(월) 아침〉

시가 씌어질 것 같은 날

시가 씌어질 것 같은 날은
꽃에서 꽃 핀다
그 꽃에서 또, 꽃핀다. 아무래도 다르다.
시가 씌어질 것 같은 오늘은
날씨부터 다르다.
내 걸음부터 다르다.

내 숨결에서 향기와 맛이 난다.
그 향기 속에서 기쁨 흐른다.
입술로 흘리는 다른 이의 말소리도
내 귀에는 진짜 시귀로만 들린다.
보이는 언어마다 반짝인다.

물소리가 새 소리로 바뀌어 들리고.
그 속에서 아무래도
멋진 놈이 태어날 것 같다.

거두어 주머니에 넣고
쟈크를 짝, 닫는다.
"시가 될 때까지 가다려!"

〈이한세상동인 15집 『소나무 워낭소리를 듣다』(2013)〉

동심童心으로 보면

동심으로 보면 온갖 것이 눈뜬다.
눈을 가진 구름.
귀를 가진 해바라기꽃.

구름은 허공을 흐르며 내려다보고
해바라기는 구름을 쳐다보며 부른다.
"구름 아저씨!"

"네가 아기구나.
 아니면 나를 아저씨라 하진 않지."
둘은 아기와 아저씨로 다시 태어난다.

저기에
열매를 익히며 생각하는 나무.
동심이구나, 저기 말하는 돌멩이.
골짝물이 종일 지껄이며 흐른다, 동심이다.

동심으로 바라보면 안 될 것이 없다.
2월 30일 날,
일제히 걷는 나무.

〈2013. 11.7. 밤.〉

춤추는 언어 때문에

시인은 못 죽어
언어가 아까워서야.

시인의 손이 가꾸어 온 언어
시인의 손에서만 자라는 언어
시인의 솜씨를 비료로 한다.
시인 그 손끝에서 꽃이 된다.

맛깔에 숨결이 있는 꽃.
리듬으로 빗방울 소리를 내는 꽃.
거기서 열린 언어의 열매.
태양이 그 열매일 때도 있다.
미래의 목소리가 열매일 때도 있다.

언어 없는 공간은 없지.
열매 못 맺는 언어는 없지.
이건 서정의 열매다.
이건 서사의 열매다.
이건 격하군, 이건 순수해.

그때에 뛰는 놈이 있지.

—누구냐?

—난 사랑이에요.

맞다 맞다 사랑은, 언어에서 큰 열매.

가꾸어주면 고마움을 아는 사랑.

그것이 언어다. 그것이 사랑.

언어의 열매마다 시인의 이름이

걸렸네.

이 재미로, 시인은 못 죽어!

〈문예시대 2016년 겨울호 권두시〉

불붙은 언어
– 이 시대의 우리 시론

가슴 안에 불을 지펴라.
타는 언어로 시를 써야.
끓는 언어로 시를 써야!

불붙은 언어를 쏟아 부어라.
불 지핀 가슴 그 위에 쏟아 부어라.
쏟아 붓고 가슴을 휘저어라!

뜨겁고 보면 물에도 불이 붙는다.
용광로 소용돌이를 보아라.
뜨겁다보면 마지막은 액체다.
뜨겁다 보면 마지막은 시다!

불이라면 통일의 불.
분단의 우리에겐 통일의 불!
남이 나눠 논 우리 사이에
70여년 상처가 쓰리고 아프다!

통일에 불붙지 않고도 시가 되나?
불붙은 목소리로 외쳐라.
외쳐라!

〈2012년 겨울, 도봉문협 시낭송회(12. 21)〉

아줌마 이끌고 강아지가 산책을

멋진 코트 차림 아줌마가
강아지 산책 시키러 나섰다.
목사리 끈을 잡고, 또깍또깍.
강아지는 발바리 쬐끄매종.

소리가 영롱한,
아줌마 뾰족구두는
뒤꿈치가 새 디자인이다.

발발발, 땅을 기는 강아지.
강아지에 옷 입혔네.
강아지에 모자 씌웠네.
강아지에 신 신겼네.
강아지에 목댕기네.
정성을 덮어씌웠군.

이 놀라운 자랑을
아무도 봐주는 이 없더니
길에서 한 친구를 만난다.

"얘 난, 강아지 산책 시키는 중이다.
발바리 쬐끄매종이야. 신품종 왜소종이지."
자랑이 시작된다.
"서울에서 딱
한 애견사에서 갖고 있던 거야."

자랑이 이어진다.
"이 코드는 북극에서 보내 온 곰털이야.
밍크로 보이니?"

친구가 응답 없이 가버리자.
화가 치민 아줌마를, 이번엔
강아지가 이끈다.
"왈 왈 왈! 여기 우릴 봐주세요!"

〈이한세상동인 15집 『소나무 워낭소리를 듣다』(2013)〉

제 3 부

남의 것에 내 즐거움

나의 소유所有

내 이름 붙은 나의 소유
밥그릇부터 예쁘고 고맙다.
내 소유의 주머니에 화폐 몇 장.
그것이 나를 달랜다. 너도 예쁘군.

부모 유산이 내 소유지만
내 가계家系도 내 소유다.
삼국유사는 모두의 것. 그래서 나도 소유자.
그 역사까지 나도 소유자.

지구촌이 모두의 것이니
나도 소유자.
태양계, 은하계도 모두의 것이니
나도 소유자.

나와 이웃은 서로의 것이니 나도 소유자.
나와 친구도 서로의 것, 나도 소유자.

엄청난 소유자 나는,
엄청난 부자네.

〈2017. 10. 1.〉

나의 존재론

오늘 하루 개나리 피고
세상은 제대로 움직이네.
그 중에서, 나 하나 빼고 보아도
시간은 흐르고 필 것은 피고—.

포개질 건 포개져 있고
먼 것은 멀고, 가까운 건 가깝네.
뾰족한 건 뾰족한 모습대로
손잡이는 손잡이대로
노동의 손끝에서 생산이 여무는 것도 그대로네.

나 하나 없어도
세상은 어제에 이어지고
범죄는 줄지 않고, 선행善行도 줄지 않네.
나의 백년을 빼고 봐도 그러네.

어제까지는 나 하나 사라지는 걸
두려워했었지.
내가 없어도 일월日月이 있을까,

바람이 불까, 했었지.

오늘 나 하나 빼고도
지구 무게가 줄지 않음을 보았네.
나의 백년을 빼고도 그런 걸.

맘 놓고 사라져도
편한 마음이네.

〈2010. 4. 12.〉

남의 것에 내 즐거움

한강너머 저기를 보게
저 빌딩의 숲, 화려한 솟구침.
내 못 사는 건 숨겨 두고
남 잘 사는 걸 기쁨 삼는 재미.

한강에서 설악까지 달려도
내 땅 한 뼘 없지만
남의 것으로 즐기는 재미.
이 골짝도 쓰다듬고 싶구나
내 것은 아니지만 숲이 좋군.

내 소유야 얼마 아니지.
29평 반짜리 아파트 한 간,
예금 몇 푼이지.

보태어
하늘엔 내 구름, 나의 낮달, 하며 산다.
나의 저 바다, 하며 산다.

내 것도 적은 건 아니네.

따스운 나의 공기.

무제한 골라 쓰는 나의 시어詩語들.

〈다시올문학 2013. 봄호〉

준비된 세상

내 나기 전부터 준비가 있었다.
준비된 나의 부모.
어머니는 아버지보다 한 살 위셨다.
식량을 대어줄 농토 몇 마지기.
집은 담벽이 튼튼했고
전통이 있어서 따지는 집.
나는 그게 좋았다.

태양이 빛과 온기를 주었던 것이
축복이었다.
여기서 태어난 나는
텃밭, 뽕나무와 같이 자랐고
뽕나무가 주는 오디로 단맛을 알았다.

어머니는 뽕나무가 뽑아주는 반짝이는 실로
따스운 비단을 짰다.
딸가닥 딱딱,
무명도 짜고, 삼베도 짰다.

베틀만 찬양하다가는,
앞 냇가 버들이 서운해 한다.
일찍, 나의 악기가 돼주던 버들가지.
삘리릴리리,
버들피리 소리까지도 준비되었던 것.

고맙지.
하늘 빛깔에다, 산천의 초록이 모두,
내 삼을 갈아주던 영동댁 할머니와
이웃과 이웃 동무가
나에 앞서 준비되었던 것.

〈20013. 7. 10. 밤〉

나의 메아리

오랜 세월 뒤면 내 목소리가
세상의 기억에서 마멸되겠지. 그래도
몇 마디는 이야기 그루터기로 남아
전설이 될 거다.

무너진 내 몸
뼈까지 흙이 되는 그때도,
가을은 낙엽을 지우는 바람 소릴 낼 테지.

바람과 소리 속에 내 언어의 몇은
숲이 보내고 받는
메아리가 될 거다.

내 영혼이 나무의 수맥을 타고
그 꼭대기에 올라
나무의 귀로 들을 거다.
내 전설이 보내는 몇 만 년의 메아리!

〈2013. 7. 14(일)〉

식 단

아침 식단이
여러 생명 앞에 나를 앉힌다.

들판의 미곡이
열수熱水에 삶겨서 왔다.
어느 누가 제 목숨 아깝지 않으랴만
과일도 목숨 채 그릇에 놓여 있다.

소리치며 죽어간 자까지 있다.
남의 목숨 아닌 게 없구나!
자기를 완전히 버리고 나에게로 온 것.

이것을 알뜰히 내 것으로 할 일이다. 이제
이들 숨소리를 대신할 일만 남아 있구나.
게으를 수 없지.

〈이한세상동인 15집 『소나무 워낭소리를 듣다』(2013)〉

감자로 점심을 이우며

제자가 보내온 감자 한 상자에서
몇 개를 삶아,
아내가 점심으로 들여왔다.

"오늘 점심은 고마운 이 감자로 때우네."
컴퓨터 작업을 하며 한 손으로 감자를 집는다.
손끝이 따끈, 맛이 좋다. 제자 모습이 보인다.

그래, 빨리 먹다가 목 맥히면 어짤란교?
"물마시면 되지."

초등 교직에서 20년 6개월
그때 제자들은 손자들을 두고 있다.
모두는 아니지만 꽤 많은 제자한테서
가끔, 연락을 받는다.

보람된 일이 많았지, 글짓기 운동에
앞장섰던 일부터.
성공한 제자가 많거든…

육대주에 흩어져 있어서
이 사람들 땜에 세계지도를 펼 때가 자주 있다.
교육농사 풍년이다.
아내가 김치물을 마셔준다.

대학문창과 강사 19년 6개월,
이 때의 제자들은 예술로 맺어졌다.
강사라서 더 열성을 보였지.
지금은 시인이 얼마, 작가가 얼마다.
이들에게 떠받들려 지낸다, 교육농사 풍년이다.

"김칫국물 더 마시이소."
아내가 마셔주는 김치국물에 나는 어리광이다.
오늘 점심, 제자 덕분에 별미를
아내의 훈수 따라 천천히,
먹으면서 일하고, 일하면서 먹으며.
시 한 편을 이뤘다!

〈2013. 7. 20〉

우리의 여름꽃

수천 년 우리 꽃밭에서 꽃을 지켜 오던 꽃.
아침에 피고 저녁에 진다.
그 때 네 이름은 훈화초薰華草라 했지.
우리 온 산천이 훈화초뿐이라 했지.
어험, 소리 내던 꽃.

여름이면, 피다가 지친 꽃을 달래며,
찢는 번개를 달래며, 가뭄을 달래며
여름을 지키며 어험, 소리 내던 꽃.

그러한 너의 의지를 오늘에, 누가 아랴.
시인은 외래의 색깔에 혹해 너를
노래에 담지 않는다.
가진 자의 뜨락에는 너를 심지 않는다.

겨우 겨우, 가난의 텃밭 울타리로 서서
여름을 잊지 않고 꽃을 피우며,
애국가 귀서리에 붙어 목을 놓는다.

가시덩굴로 감아 오르는 외래종을 보고
"장미야. 예쁘기만 하면 되는 너는 좋겠다."
그러다 한참 만에 잇는 말.
"사람들이 걱정이야. 쪼개진 걸 맞춰야지."

다시 한참 후에
"그런 날이 왔음 해."

※아침에 피고 저녁에 진다(君子國 有薰華草 朝生夕死) : 산해경 해외동경

〈2017. 8. 9.(수)〉

요정의 발에 스케이트를 달면

요정의 발에 피겨스케이트를 달면
다리, 팔, 온몸에 신이 내린다.
동화 속에서 보이는 묘기.
세계의 눈길이 다 모였다.

휙 휙, 유연한 몸놀림으로
세계의 남과 북을, 동과 서,
위 아래를 스쳐 오가며
하늘 땅을 어우르는 재주.

스케이트로 못 그리는 그림이 없다.
스케이트로 못하는 언어가 없다.
스케이트로 못 피우는 꽃이 없다

저것은 사랑의 몸짓, 저것은 용서의 표현
저것은 희망, 저것은 구원.
세계를 향해 예술을 열었다.

관중이, 시선이, 생각이, 숨길이, 같이 움직인다.
순간의 창조가 영원으로 이어진다.
탱고의 가락에 움직이는, 그림자까지 번쩍인다.

마음과 뜻을, 꿈을
그 위에 웃음과 기쁨을 크게 크게 그려서
세계를 얼음판 위에 모았다.
다시 한 번 예술이 되었다가, 환성이 된다.

한국의 피겨여왕,
우리 딸 김연아!

〈한국시낭송회의 133회(2014. 2. 28.)〉

힘드는 가정법

– 얄타 실수회담을 돌이키며

1945. 2월 4일 크림의 얄타.
맑았던 하늘아,
루 · 처 · 스 3 거두가 얼굴 맞댔을 때 쯤
천둥소리라도 한 번 내줄 일이지.

"어? 맑은 봄 하늘이 왜?" 하며
생각을 하게
"소련 자네가 대일전을 거들게."
그 말을 하다가도 조심을 하게.

"코리아에는 발 들여놓지 마."
그 말 못한 실수가
또 하나.

8월 6일 히로시마에 미 원자탄.
그 이틀 후 대일전에 나선 소련은
저항 없는 만주를 손에 넣고
이 나라로 발을 들여,

이 땅 맨살에 국경을 긋게 했으니.

1주일 그 짧은 참전 날수로
우리 역사에 안긴 세기의 고통.

힘은 아무 짓이나 하는 건가?
얄타실수회담이 지은
20세기의 죄악!

답답하니 가슴을 친다.
맑은 하늘이라며 천둥소릴 못 낸
하늘, 너도 실수였구나.

〈한국시낭송회의 167회(2017. 1. 24.(화)〉

제 4 부

아직도 고마운 손

알아듣도록만

부모가 자식에게 말을 다 할 수는 없지.
잔소리 같지 않게 알아듣도록만—, 그런데
그 말 다 알아듣는 자식은 없다.
그 때 내 아버님도
수다하잖게만 들리게
문지방을 세 번씩 치셨다.

내가 그 말씀 알아들은 것이
여든 나이 올해구나
부모님은 오래 전, 안 계시고
손자가 제대 마치고 인사 와서 앉았다.

이 눔에게 무슨 칭찬을 할꼬?
칭찬은 수다해도 괜찮겠지, 참
알아듣고도 넘치게

"나라 지키고 온
용기의 내 손주.
이젠 사내다!"

〈이한세상동인 15집 『소나무 워낭소리를 듣다』(2013)〉

되바뀐 의지처

신혼 때의 사진을
걸어놓고 보는 게 며칠 째.

그 때는 고왔던 아내에게
사랑한다는 말을 했었지.

나이롱이 첨 나올 때,
좋은 옷감이라며 차려 입었던 신부.

그래도 그때는
내가 당신의 의지처였어.

쥐꼬리를 베어온 월급을 봉투째 주면
애들 등록금부터 젖히고, 세금 젖히고
월세 방값, 양식 값, 연탄 값, 젖히고 나면

구리무 값, 옷값은 남지 않았지. 그래도
이 월급 없으면 어쩔끼고,
당신 하던 말이 고마웠지.

그 말만 봐도 그랬어. 내가 당신의 의지처였지.

지금은? 그게 아냐.
대학강사 20년에 전임 못 따고
무연금 실직자 신세가
당신이 모아 옴켜쥔 저금돈에 손 벌릴 밖에.

"술, 그만 끊으소."
다배는 끊었지만 그게 쉽질 않네.
이젠 당신이 내 의지처야. 어쩔끼고?

〈이한세상동인 18집 『반잔의 술』(2016)〉

아직도 고마운 손

고향에서 고추밭 가꾸어
된장 끓이던 솜씨가 아직은 남아

잔소리는 늘었지만
길쌈하던 그 솜씨는 남아서
아내가 다섯 손가락으로 물레 소릴 낸다.
씨아 소리도 낸다.

가버린 세월 속에 들리던
베 짜던 장단이 그대로 있다.
도토마리에 감기던 벳날.
바디북에서 풀리던 씨날.

보름새 비단, 여덟새 무명.
베틀 소리로 짱짱, 밤새워 짜 새벽 별빛에 널고,

베틀 소리로 아침밥을 짓던
초록 적삼의 아내.

미당 가에 피는 감꽃, 풋감, 익은 감으로
계절을 세면서
산에 진달래, 들에 버들꽃을
바람결에 보고 듣고,

달이 기울면 기우는 대로
밥상에 달을 담아
아버님께 올리던 손.

"보래요, 좀 보소."
손을 내민다, 아내가
쭈구렁 바가지 손을.

된장 끓이는 손으로는
아직도 쓸 만한 걸. 고맙네.
"보자, 우린 나이가 얼마지?"

〈농민문학, 2016 봄호〉

숟가락에 딸린 말

우리 20대초에 첫살림 나면서
아내와 골라 샀던 숟가락 내외를
찾아 들었다.

오늘 아침, 아내가
특별히 맛있는 풋고추무침
특별히 맛있는 말랭이무침
특별히 맛있는 호박무침에,
아욱국을 차렸다.

고향서 보내온 쌀.
골목 시장서 사 온 몇 가지를 빼면
모두 고향서 온 것.
고향서 몇 줌 싸 보낸
팥을 놓은 밥이 또한
별난 맛.

거기에 날마다 맛있는,
아내 솜씨의 된장찌개.
날마다 맛있는, 고추장이다.

그래서, 우리 다정한 얘기는
숟가락에 딸린 말.

아내와 서로 쳐다보며
군 입대 손자 생각하며
잘, 복무 잘하는지, 하며
흩어져 사는 아들 식구, 딸 식구 생각하며

고향에는 벼가 팰 때쯤인 걸, 하며
풋굿메기 때 꽹과리도 울릴 텐데, 하며
여기 아파트 10층에 이렇게 앉아
이렇게 서로 쳐다보며 밥 먹는 게
고향 사람 덕분이제 하며
고향 분들께 미안한 걸, 하며

나는 맛있다 맛있다.
아내는 맛이 괜찮지요?
식탁에 밥풀 몇 개 흘리고
몇 숟갈 밥에
나이 든 배가 하마 불러
아내와 같이 숟가락을 놓는다

오늘 밥맛 괜찮네.

* 풋굿메기 : 벼가 팰 때, 온 마을 농군이 모여서 한바탕 음식과 놀이를 즐기는 일.

〈2013. 7. 8.〉

구경하具慶下

"내외분 근력 좋으신가?"
마을 어른들 만나면
부모님 문안이 먼저다. 이때는

아버지 덮고 계시는 이불 밑에 손을 넣게 된다.
"아랫목이 뜨습지 않네요."
군불을 지펴 드린다.
어제 산에서 해 온 장작이 있다.

"자네가 효자일세, 고맙네."
내 행실에 어른들 말씀이다,
고마운 건 내 쪽인데도.
그 말씀이 듣기 좋다.

이때는 내 어제를 살핀다.
효자 소리 듣기에 넉넉지 않다는 생각에
어머니 어깨를 주물러드린다.

구경하.
내 할 일 또 하나는
할아버지 봉제사다.
아버지께 효자 되게 하자는 것.
이날은 아버지 친구분들을 청한다.

아내가 빚은 농주에 푸짐한 안주.
효부라는 칭찬에
아버지가 며느리 자랑.
이렇게 해서 아내가 효부상은 탔다.

"고마워."
이날 아내에게, 이 말이
겨우 나왔다.

〈이한세상동인 15집 『소나무 워낭소리를 듣다』(2013)〉

보내온 팥죽

겨울 시작에 두 며느리가 보내 온 김치.
빛깔에다 맛이 좋아, 그 말을 하고 있다.
별식이라면 저들만 먹지 않고.
손자와 손녀, 작은 놈 큰 놈에게 들려서 보낸다,
며느리가 오기도 하지만.

얼마나 기특한가?
그 솜씨를 맛본다.
맏이, 둘째 음식 맛이 모두 좋다.

어째서 인연이 되었던가?
손자 손녀를 낳아 가계를 이어 준 두 어멈.
저들이 조석으로
내 염려를 한다니, 고맙다.

오늘은 동지에 팥죽을 끓여서 보내 왔네.
— 아버님, 어머님 맛있게 드세요.
문안 대신에 적은 사연은 글씨가 얌전타.

며느리 손에 팥죽 얻어먹고 다시 한 살을 맞는구나.
여든이 넘고 보니, 살아온 길은 아득하고,
인생의 끝은 턱밑에 있다.

다리가 휘청대고, 아내는 허리가 아프다.
앓으면서 10년을 살다 마친다는데
그런 일이 자식 앞에 놓인다면 짐이 될 텐데.
어쩌지?

아내와 서로, 약 먹이고, 물 마셔주며 한 번 더
"어쩌지, 참?" 한다.

〈2013. 12. 24(화)〉

아버지는 왜 아버지인가

해뜨기 전에 먼저 나서서 씨앗을 뿌린다.
거기서부터 아버지는 아버지다.
괭이로 지하수를 파고
삽으로 대지大地에 물길을 연다.

곡식포기는 줄기보다 뿌리를 가꾸려 한다.
포기들이 주고받는 말에 귀 기울인다.
계절의 빛깔로 자연을 알아듣는다.
그 자리에 내 가족과 내 인생이 있음을 본다.
여기서부터 진짜 아버지다.

세전世傳의 이랑에 호미질을 하다 와서
외양간 모서리에 호미를 걸며
씨앗이, 그 이름이 어디서 왔지?
우리가 벋어온 길이 어디서지?
근원을 캐는 데서 넉넉한 아버지다.

집안 대수를 영글게 세어 보이고
지녔던 조상의 유언을 읽어주다가
당신의 유언을 곁들인다.

영글게 가족의 몫을 놓고
재산이 무엇인가를 가르치다가
바깥에 인기척이 나면
담뱃대로 밀어 사랑방 문을 열고
"누구로?"
목소리 한 마디가 문지기의 그거다.

그래서 아버지는 아버지다!

〈한국시낭송회의 161회(2016. 7. 22(금)〉

그래도, 닭소리

남산 위 저 소나무에 물어보자.
한겨울 눈발에 청정한 소나무도
눈물을 뚝뚝 절망이란다.

한강, 대동강 물소리도 그렇다.
백두, 한라가 주고받는 지친 메아리도
우리 나누는 지친 얘기도 모두 그렇다.
일흔 해 넘어 기다렸지만
멀어져만 가는 희망 그래도,
그래도 불러보잔다. 꼬끼오!
닭의 새해에 닭소리.

개천의 첫날도 꼬끼오로 열렸고,
신라가 계림으로 열렸거든
그 소리에 하늘이 하루를 열면
햇빛 밝음이 위에 놓이고
그 위에 놓인 햇볕 따스함이
조상님들 심장을 뛰게 했지.
신시 그 하루가 오늘에 닿아 있다.

그렇다 산천을 초록으로 가꾸는 일이
땀으로 들판을 가꾸는 일이
절망의 절벽에 밧줄 걸기다.
염원을 녹여 시를 쓰는 일이
절망의 절벽에 밧줄 걸기다.

밧줄이 걸리거든 어영차!
1억이 힘 모아 어영차!
당겨 오자 두 글자뿐인
통! 일!

통일의 새벽 맞이
—꼭끼오!

※ 1억 : 남북과 해외동포를 합친 수
〈현대시선 2017 봄호 권두시(닭의 해 2017. 첫날 새벽에)〉

어머니가 목메이던 이름

"철호야!"
어머니가 숨지면서 불렀던 이름.

그 철호야, 네가
어머니 숨지고 30여년 만에
네가 돌아왔구나.

삭은 허리띠
삭은 군복 어깨 한쪽,
삭은 군화의 두 바닥 호를 파던 삭은 삽,
삭은 철모.

청춘을 조국에 바치고 60년 만에
〈鄭喆鎬〉 나무도장이 가리키고
형제의 유전자가 모습을 가리켜서

분명히 너는 돌아왔건만
모습은 왜 안보이냐?
어머니가 목메이던 철호야!

8사단 21연대 정철호 2등상사.
열아홉 살 나이로 돌아왔건만.

※ 2013. 7. 12. 일간지 기사
〈작시 : 2013. 7. 14.(일)〉

제5부

노래하는 구지봉

거미 완용完用이

누구보다 원만하군, 유능해. 그 소리 들으며
영은문 터에서
독립문 건립 위원장이 되었다. 완용이라는 거미.
수천 명 모인 앞에서 애국연설 한 마디.
박수를 받고 나서 어험, 큰기침 한 번.

저런 분에게는 충성 밖에 없다.
모두 그 생각이었지.
'설마 매국노까지야.' 그건 다음의 다음 생각이었어.

누구보다 세계정세를 잘 아는 분, 나라를 일으킬 분.
그 말이 거미 귀에도 들렸지.
'그건 나도 모르네, 줄타기를 해봐야지.' 거미의 생각.
그러면서 그도 설마, 했었지.

독립협회 2대회장을 맡았지만
갈림길에서 망설였지, 이로운 쪽을 취하는 거미였기에.
황제, 황후의 총애를 받았지만 줄타기 거미였을 뿐.

친미파에서 친러파로 얼굴 바꾸어
아관파천에서 공을 세우고,
대한제국 선포에도 알랑대더니

황후를 죽인 원수들과 손을 잡는다,
"이제 나는 친일파다!" 하고.
설마가 이루어지고 있는 것.

통감 이등이 자리를 준 대한제국 총리대신
요령 좋은 거미가.
황제를 위협해서, 황제를 바꾸었다.
이등이 안중근 총알에 꺼꾸러진 뒤에는,
거미도 이재명李在明의 칼을 맞았다.

그래도 살아난 거미 완용이.
경복궁을 들어서 바다 건너 왜국에 팔았다.
황실을 들어 왜국에 팔았다.
국토와 백성을 들어 왜국에 팔았다.
설마가 이루어진 것.

"나 完用의 이름은 완전히 쓰이는 거다."
이것저것에 쓰이는 것.
요령 있게 쓰이는 것.

영악한 그 요령이 없었으면 못했을 것.
영악한 그 수완이 없었으면 못했을 것.
영악한 그 재주 아니었음 못했을 것.

그런 요령, 그런 수완, 그런 힘과 재주로
그가 얻은 건
조선총독부 중추원 부의장에 왜왕이 내린 작위.
지울 수 없는 이름 매국노賣國奴!

— 단기 4349년(2016) 개천절에

〈이한세상동인 18집 『반잔의 술』(2016)〉

뜰 안의 호수

그때, 할아버지가
개골산 밖을 나와 보고
여기, 우리 뜰 안에 허수가 있군, 했지.

저기 섬 하나가 보이네.
어느 때는 울릉도鬱陵島라 불러야겠어.
그 곁에 바위 두 개 우산于山섬, 독도.

이 둘레에 모여 살면 되겠네.
마을을 만들고,
들과 산에서 거둬들이고,
인정을 주고받고 그게 나라지.

이웃을 사촌이라 부르고
씨앗을 나눠 심으면 그게 나라지.
가꿀 게 많구나.

세계의 아침 해가 여기서 뜨는군.
세계 아침이 시작되는 곳이라.
아침나라라 해야겠어.

뜰안의 호수 여기에
배를 띄우면 되겠네.
물고기도 뛰는 걸.

뜰안에 호수를 지닌
아침나라다!

〈2017. 8. 22.〉

노래하는 구지봉

구지봉을 삼국유사에서만 읽은 이는
높은 봉에 오르려고
등산복 차림.

기다리는 구지봉은 키를 낮추고
순례자를 맞는다.
"누구든지 오너라!"
김해 구산동 나직한 봉우리.

시조 여섯 형제가
하늘에서 내리자
노래와 춤이 어우러졌던 곳.
지금도 그 노래 그대로 들려.

아홉 간干이 꿇어앉아 금합을 받들고
하늘이 거둬들이는
무지개를 우러렀던 곳.
지금도 그대로 보여.

그곳이 키를 낮추어 겨우 이 높이.
우리 역사가 얼마나 겸손한가?
백성들 오르기 쉽게, 동화 같은 동산.
우리 역사가 얼마나 자애로운가?

기는 듯한 거북바위에 새겨 논

龜 · 旨 · 峰 · 石 넉 자!
거기서 흐르는 역사의 노래.

"거북아 거북아 머릴 내어라.
내놓지 않으면 구워서 냠냠!"

'산토끼' 노래같은
'나비야' 노래같은….
그러자, 그러자
바위거북이가
머리를 쑤욱.

"야아!"
"야아아!"
손뼉이 짝짝.

분명히 보이지?
거북이 머리, 쑤욱!
분명히 보았지?
노래하는 구지봉!

분명히 들었지?
최초의 우리 노래!

〈이한세상동인 15집 『소나무 워낭소리를 듣다』(2013)〉

고구려만 갖고 있다면

고구려만 갖고 있다면 우리 모두가
"속상한 것 참세." 할 걸
"고구려가 있잖어?" 할 걸.
고구려 있으니 아웅다웅 않아도 되고
부동산 값도 안정이 되지.

동해에서 대륙 몇 천리.
봄이 오는 걸음걸이도 다를 걸.
익는 열매 익혀 놓고, 대륙 몇 천리를
가을이 가는 발소리도 달라.

바쁘지 않아도 넉넉한 하루.
아쉽다, 욕심이다 그런 말은 쓰이지 않을 걸.
세상 것이 모두 번쩍이고 빛날 걸.
귀에 쏙쏙, 말과 말이 잘 들릴 걸.

사는 게 재미있어서
담배꽁초도 버리지 않게 될 테지.
아파트값 싸지고부터는 세계사람 모두에게

우리 마을에 와서 사세요, 할 걸.

우리 꼬마들 키가 더 잘 크게 될 걸.
"우린 고구려가 있다!" 하고
기가 살아났거든.
우리 텃밭까지 그 힘이 와서
토마토도 더 큰 놈이 여릴 걸.

〈2017. 8. 1.〉

폐지 부처님

낡은 종이 한 장인들 왜 버리나.
부처님은 아까운 이걸 거두고 모아
당신의 몸이 되게 하셨다.

"부처, 내 몸은 중생의 것이니,
중생이 버린 폐지가 몸에 알맞다."
거룩하셔라 그 말씀에 눈물 나제?

이것은 코 닦은 종이,
이건 아기들 종이기저귀네.
이건 발 닦은 종이….
주워서 주워서 당신 몸으로 하시고

해인사 일주문 들머리에, 서 계시면서
큰 법당으로 구경 가는 꼬마들에게
사탕 몇 개씩 나눠주신다.

"착하거래이."
머릴 쓰다듬으신다,

폐지의 손, 부처님 손으로.

중생의 온갖 낙서
온갖 욕지거리를 받아
당신의 몸으로 하시고 타이르신다.
"그래지 말어래이."
"그래지 말어래이."

그것이 법문이다!

※ 폐지로 불상을 조성했다는 가사를 읽고
〈이한세상동인 15집 『소나무 워낭소리를 듣다』(2013)〉

강원도 비벼먹기

홍천에서 강원도 산나물
홍천 실고사리, 홍천 도라지에
감자볶음에

홍천 고추장에
맑은 물소리 한 숟갈 놓아
비벼서

홍천 보리밥에
수타사 새소리 놓아서 비벼서
홍천에서 끓인 된장 놓아서
비벼서

단풍을 빛깔 채 한 숟갈 거기에다
공작산 산삼 뿌리 떼어서 섞고
강원도 인심 한 켜 놓아서
비벼서

물소리 한 숟갈 놓아서
비벼서
한서 선생 말씀도 한술 놓아서
비벼서

그 맛이 강원도 맛이다.
강원도 썩썩, 비벼먹기.

〈한국시낭송회의 2013년 12월〉

뒷간 문화

세계 어디를 가 봐도
"화장실 문화는 우리가 제일이죠."
돌아오는 여행자의 말, 듣기에 좋다.

아홉 살에 외국에서 돌아왔던 기억.
집집마다 깨끗한 마당.
마당 한 귀에 깨끗한 뒷간.
마당을 쓸던 싸리비는 뒷간 뒤에 놓였었다.

반듯한 뒷간 다리
앞에는 보드라운 뒤닦개 짚.
뒤를 보고 이를 가리켜,
점잖게 분전糞錢이라 했지.
이놈이 곧 돈이니 아끼자는 그 말.

분전 바가지로 끼얹어 뒤적인 향기의 거름이
쇠등을 타기도, 바지게에 업혀 들로 나가면
목화밭에서 무명실이 되고, 따스운 솜이 된다.
들판 가득 옥식玉食으로 영그는 열매 열매.

그것이 돈이 아니랴.
그래서 석분여금惜糞如金이라.
그래서 여기에 측신廁神을 모셨지.

돈을 낳는 곳, 신을 모신 뒷간이라
깨끗할 수밖에.
수세화장실이라 불려도 세계 제일일 수
밖에, 밖에!

※ 석분여금(惜糞如金) : 분뇨를 금(돈)처럼 아끼라는 말.
成家之兒는 惜糞如金하고 敗家之兒는 用金如糞이니라(명심보감)
〈한국시낭송회의 173회 2017. 9. 29.〉

국치일國恥日에 폭우가

한낮에 비.
오늘 비는 다르네.
폭우에 뇌성. 오늘 우뢰는 다르네.

알고 보니 국치일이라.
치욕을 알라는 경고로군.
생각하기 싫은 일은 잊는 거지만
이 날을 잊다니, 하며 뇌성이 울린다.

훔치고도 훔치지 않았다며 빈손을 보이는
자들이 있어서다, 아베阿部 같은.
빼앗고도 빼앗지 않았다며 얌체 아베가,
원자탄 두어 개 더 맞을 소리를 한다.

태평양이 분노하여
쓰나미로 바다, 육지를 바꿔놓았지만.
천벌인 줄 모르고
궁깡기軍艦旗를 크게 내걸고,
옛 버릇대로 남의 섬을 제 땅이라 우긴다.

우리 하늘도 그냥 있지는 않는 게 그거다.
부끄러워해야 할 국치일國恥日을 모르고
당하고도 당한 줄 모르는 자들에게
"꽝!"
우레를 터뜨린다

이천십삼, 팔월 29일,
국치 104년, 한낮에 하늘이 꾸짖는 소리.
그 뜻을 모른다면 또 당하는 거다!

※ 궁깡끼(軍艦旗) : 일본 해군의 군기. 日章旗에 햇빛 열여섯 줄기를 그렸다.

〈2013. 8. 29.〉

그 비난은 즐겁다

일본이 그런단다,
한국사람 너무 약다고.
경부철도, 경의철도 저들이 놔줬는데
부산항도, 인천항도 저들이 열었는데….

그런 비난 받을수록 즐겁다, 얘.

대륙침략을 하려고, 길을 뚫었다는 말은 않지.
저들이 어쨌는데?
소학교 선생까지 전투모 씌우고,
자라는 애들한테도 전투모 씌우고

애들 가느단 다리에 훈련행전 게에또루 감게 한 자.
일본 안경 쓴 교장선생 입으로 선창을 시켜
조회 때마다 〈고오고꾸신민노 지까이皇國臣民誓〉
외우게 한 자가 누군데?

너희들 눈에는 약게만 보이게 되어다오.
군량미 공출供出로 지은 농사 다 뺏어 가고

농촌 애들까지 점심 굶긴 게 누군데?
일본 선생 시켜 조선말 하는 애들에게 딱지표 붙이고
수신과修身科 점수 깎아내린 자가 누군데, 그래?

갑자생 우리 큰아버지 징병 1기로
끌어다가 총 들게 하고,
계해생 우리 삼촌은 징용 1기로
군수품공장에서 일 시킨 자가 누군데?

처녀공출이라며
아가씨들 잡아다 데이신따이挺身隊시키고
나는 모른다, 아니다, 하는 자가,
세계에서 젤— 젤 야마리 없는 놈들이 누군데?

〈2013. 7. 서른하루. 밤 열시 7분〉

자기 침략주의

아파트 이름, 골목 이름이 병들었다
중병이다.
스스로가 스스로를 침략한 것.

국토와 국어를 지키자며 항쟁에 나섰던 조상이
저승에서 운다.
아파트 이름, 골목 이름을 외우지 못해
조선祖先의 현령顯靈이 후손의 집을 나들지 못한다.

상품에 외래어 치장.
그래야 고급스러워 보인단다.
혀가 꼬부려지지 않는다는 국민의 걱정.

행정의 기본 단위 동사무소가
남의 나라 말로 창씨개명을 했다.
우리의 언어를 수술대에 눕히고 심장을 갈아 끼운 것.

사대주의 병에 물들어
자기 침략자가 된 거다.
어떻게 지켜온 우리말인데.

건너온 시어들이
시인의 시행을
더럽히고 있는 것까지.

중병이다!

〈2017. 10. 1. (일)〉

부도덕한 아편전쟁

내 못 먹는 걸
너는 먹고 병들어라 하고,
병들어 죽어라 하고 아편을 팔았다
신사 나라에서.

남은 망해도 된다는 생각.
온 나라가 아편으로 신음하는 판에 이를 막으려한
흠차대신欽差大臣 임칙서林則徐의 조치는 당연했던 것.

"청나라가 무역자유를 침해하고 있다."
"밀매를 않겠다는 서약서를 쓰란다."
"엉큼한 수작이다!"
엉큼한 건 누군데 그러니?

이런 명분으로, 신사 나라 원정군이
청나라 남부를 짓삶았으니
명분이 될까?

약한 무기, 청나라 군사가 당할 수밖에.
농기구를 들고 농민들까지

나섰지만
전쟁은 뻔한 것. 악인의 승리.

청은 불평등 남경조약에서 무릎을 꿇었다.
홍콩을 떼어서 영국에 넘길 것.
"예."
전쟁 비용, 배상도.
"예."

"알고 보니 청은 종이호랑이네."
종이호랑이에는 그래도 되는가,
신사 나라에서.

이런 부도덕한 전쟁에 대해
현지의 선교사와
그들의 종교까지 입을 다물었으니
공모자였던 것.

인류의 수치라!

〈이한세상동인 18집 『반잔의 술』(2016)〉

사람에게 맡겨 뒀더니

전국 일백 개 명산이
탄혼이 가시잖은 백마봉까지
자기 골짝 물 한 병씩을 담고,
자기 골짝 산나물 한 다래끼
선물로 들고
묘향산 계곡에 모였다.

점심이나 같이 하면서 슬슬,
남북통일 의견이나 나누자구.
사람들 맡겨 뒀더니 부지하세월不知何歲月.

옆에 목소리 큰 산이
앉아 있었는데, 아니?
단군 할아부지 모습 닮은 백두산이네.
곁에는 백두산이 데리고 온 부전령 고개.
저쪽은 금강산, 저쪽은 지리산,
저쪽은 백록담을 이고 앉은 한라산이네.

묘향산이 차린 점심상 복판에
통일 숙제를 밥그릇에 담아서 내어 왔다.
일백 개 산이 둘러앉아 그걸 찢어서 삼킨다.
"소화가 되나 보자! 이놈이 얼마나 쓰기에 그러지?"

〈이한세상동인 15집 『소나무 워낭소리를 듣다』(2013)〉

제 6 부

화답和答, 김형께

긴'소리표(') 사'용에 대'하여

세'계에서 장음표기가 안 되는 글은 현'행 한글뿐이다. 한'자는 사'성에 의'해'서 글자에 소리 장단이 있다. 일본어는 장음에 모'음 글자를 곁들이기 때문에 장단음에 대'한 혼'란이 전혀 없'다. 우리는 장음표기를 안 하기 때문에 〈한'국이냐?〉, 〈한국이냐?〉하고 나라 이름에서부터 혼란이 오고 있다. 여타의 나라들은 소리의 장단에 따라 스펠링이 달라진다.

가장 과학적이라는 한글에서만 장음표기가 이루어지지 않고 있는 것이다. 한글도, 창'제 당시 세'종은 방점으로 장음을 표기했'지만, 후'대에 와서 사'용을 않게 되었다. 한'문시대였기 때문에 한'문의 사'성을 따르면 큰 불편이 없'었던 것이다.

한글 전용시대가 되고, 한'국어를 배우는 외'국인이 많'은 시대에 와서 장음표기는 절실하다. 이것이 언'젠가는 이루어져야 하며, 이루어질 것이라는 신'념에서 나는 제'3 국민시집(2009)부터 장음을 표기해 왔다. 현'재의 컴퓨터에 알맞은 기호가 없으므로 작은따옴표 뒤쪽을 떼어서 써 오고 있다. 이름이 〈긴'소리표〉다. 이번 시집에는 6부에서만 사'용하기로 한다.

벌써 한 해가

어제 시작했'던 한 계'절이 벌써 가네.
증손녀 년, 크는 거 보게
저것이 기더니
벌써 말을 배워 재롱이 일품이야.
어제 심은 듯한 나무가 지난 가을에
열매를 담아서 들여놨'었지.

벌써라는 말'에 끌려 다니는 나달.
벌써라는 말'에 끌려오는 세'상사.
벌써 벌써, 하다 보니
또 한 해가 벌써 가는군.

〈2012. 섣달 서른하루〉

화답和答, 김형金兄께

"천륜天倫같은 우리 사이라."
내가 먼저 김 형께 하고 싶던 고' 백이었소.
우린 만' 학의 노' 학생이랬지. 뒷' 전으로만 밀렸었지.
인생에서도 밀리고 있다는 두려움에 둘' 이 부둥켜안았었지.

"가' 식 없는 당신."
이것도 내가 하고 싶은 말'
"참된 시인과의 만남."
그것도 내가 김 형께 하고 싶던 말' .

오늘은 무영無影 선생을 찾아 음성陰城 오릿골로 가는
속도의 인생 수레에서
같은 좌' 석 동급생同級生으로 다시 앉아,
그때 얘' 길 하는군요.

차창 밖으로 흐르는 저게 모두 인연이오.
저 새' 소리가 계' 절을 노래하지만.
우리에게 다시 올 봄은 없' 소.
창밖의 하늘은 무상無常의 빛깔일 뿐.

그걸 알'고 우린 철이 들어야겠다는 말'을 김 형이 하시는군.

내가 그때 일' 하나씩을 들추어 가면 김 형은
내가 흘린 걸 하나씩 주워 드시네.
언'제나 형은 단수가 높지, 오늘도 나는 하'수下手야.

같은 역사에 실려
분단의 아픔을 같이 살'면서,
세'상살이에 마음을 쏟고, 담'는 사이에
고마운 게 우리의 우'정이라, 천륜 같은.
조'언하는 김형의 손길이 고맙지, 천륜 같은.

그 시절을 다시 달리다 보니
어? 벌써 다' 왔네, 오릿골 산꿩이 우'는군.

〈2012. 4. 24.밤〉

인 사 법

나이 들면 인사가 달라진다.

“건’강하신가?”
그 인사말에는
밥 잘 자시는가, 하는 뜻이 있다.

집안이 모두 편하신가, 의 뜻이 있다. 있다.
손주 잘 크는가, 의 뜻이 있다.
농사는 좋은가, 의 뜻도 있지.

“걱정은 없네.”
그 대’답의 뜻은
식성이 떨어지지 않았다는 말,

그 말’ 속’에는
손주 잘 있다는 말’뜻.
맏이가 맡아 짓는 농사가
좋’다는 말’뜻이 모두 있다.

집안이
가축까지 모두 편ㅎ다는 말' .
"친구 자네도 건강이 좋'군."
하는 말' 뜻도 있지.

〈2013. 8월〉

할배 할매만 살아 있어

어머니는 길쌈을 잘 했'다.
아기 재워놓고 건너방에서 밤이 오래도록 베를 짰지
반짇고리를 잡고 있다가 실꾸리를 잡았다가
시부모 걱정에 봉제사 일까지 생각하며
물레질을 했'지.
그러했'던 어머니는 60년대에 다 죽어, 엄마가 됐'다.

파마머리 엄마는 뾰족구두를 공구어 신'고
청바지 입고 남편을 애교로 대'한다.
세'상 비위도 맞추면서 아이를 과외로 키우고
시'부모도 과외로만 받들려한다.
외'래종 강아지를 몹'시 좋'아하지만,
그것도 과외로.

아버지는 사랑방에서 어험어험, 헛기침을 하며,
이웃을 불러 젊'잖게 이야기도 나누고
마을 걱정도 하곤 했'지.
호롱불 밑에서 담'배도 나눠 피웠지
소를 식구로 여기고 시간 늦지 않게 쇠죽을 끓였지.
외양간을 나들 때도 위엄을 지켰지.

그러했'던 아버지는 어머니 따라서 모두 죽어 아빠가 됐'다.
아빠는 엄마보다 잔소리가 적'어서 만만하다.
"아빠, 자전거 사줘' 뽀뽀해'줄께."
"다음 월급 때 사 주지 엄마한테 허락 맡아 와."
그래도 아빠가 가장이다.
엄마나 꼬마에게 쩔쩔 매는 노리개가 돼'선 안 돼' .
그러면서 아빠는 이미 노리개가 됐'다.

할배 할매만은 아직도 살아 있다.
지금까지도 산꿩이 우'는 시'골
텃밭이 거느린 스레트 삼간을 찾아가 소리치면
"할배!" 소리치면
귀먹은 할배라 첨'에는 못' 알아듣지.
더 큰 소리로 "할매!" 소리치면
할배, 할매가 호박덩굴 밑에서 나온다.
"얘'들아 잘 왔다. 뭅'시 기다렀대이."
할배, 할매는 아직 멀쩡하다!"

〈도봉문학(2012)〉

우리가 만든 지층

버리는 쓰레기,
뱉어낸 목소리,
약간씩 비뚠 생각까지.

가서 쌓인다,
숨긴 죄'악까지다.
우리가 만드는 시대의 이 지층.

몇 만' 년 아니다, 몇 십만' 년
아니다. 1억을 채우고 나서—.
굳은 바윗결, 이걸
열어보는 손이 있음 어쩌지?

들어볼까?
그때도 함부로들 지껄였군.
쓰다 버린 시귀도 있지만
남을 꼬집었어.

벼락 맞은 자도 있었군.
뭐냐, 발명품이란 이게
인명을 겨누었던 그거 아닌가
핵무기!

〈이한세상동인 18집 『반잔의 술』(2016)〉

인간의 방편

신이 사람을 만들기 오래 전에
사람이 신을 만든 것.

"우리를 창'조하실 거죠?"
물어가며 만든 것.
"당신의 모습을 우리와 같게 할까요?"
물어가며 만든 것.
"지키는 계'명이 있어야죠, 만들까요?"
물어가며 만들어 준 것.

"당신의 말'씀도 우리가 만들까요?
  생각까지."
좋도록 만들어준 것.

인류가 현명한 건 여기다.
신을 두었기에 양심이 밝아진 것.
신이 있기에 선'악이 분명해진 것.

자기 신을 지키기 위해 다툼이 있기는 해'도
사' 람이 만들어 사' 람 위에 두고
신에게 귀의함으로써 힘을 얻는 것.
복종에서 평화로워진 것.

방편 안에 지옥을 둔 건 더욱.
지옥지기를 무섭게 한 건 더욱.

〈이한세상동인 18집 『반잔의 술』(2016)〉

영웅의 생각

눈길이 모자라는 빌딩을 쳐다보며
빌딩 아래를 빗질하고 있지만
나와 내 후' 손이, 알뜰한 노력으로
저 빌딩 하나를 내 것으로 할 수 있다.

"어려울 걸"…, 어렵지만 그렇다.
'불가능' 은 쓸어다 버릴 약자의 말버릇.
내 손으로 쓸어다, 이미 버렸다.

노동복에 안전모.
청소부 나는 작' 은 영웅이다.
조국 일선에서 추운 밤바람을 지키기도 했지.
묵직한 훈장이 여기 있다.
산' 업 일선에서 더 무거운 빗자루를 바꾸어 들었을 뿐.
조국을 위해서는 같은 일' 을 한다.

누가 노동을 피하려 하나.
노동 없이는 조국이 없' 다.
누가 신선한 노동을 업수이여기나.

노동 아니고는 목숨이 없'다.

노동에 희망을 걸고, 긍'지를 지니고,
노동을 기쁨 삼'고,
새벽녘 빌딩 숲 둘레를 빗질하다 보면

빌딩보다 더한 높이에 밤하늘이 놓였다.
거기 별'자리가 있다.
그 아래로 열린 개'선문이 보인다.
그 문으로 내가 들어서고 있다 ─ !

〈2014. 1. 11. 밤〉

나의 호흡법

날씨가 그렇다.
도시 하나가, 빌딩이 더위를 뿜는다.
이 더위 위에 물가가 놓여 있다.
이 더위 위에 정'치가 놓여 곡예를 한다.

내 건'강을 두드려본다.
갈비뼈 왼'쪽이 오늘도 아프다.
나라말'이 아프다.
역사가 아프다. 통일이 아프다.
내 걱정이 이프다.

그런 나에게 충고가 온다.
그만 하세요, 한다.
이젠 잊으세요, 한다.
갈 길이 바쁜데, 한다.

그 충고자들 모두가 바퀴에 탄다.
그 여러 바퀴가 나를 비켜갔으면, 했'다.
아니네, 내 안에 들어와 자리를 잡네.

내 안에서 구르네.
아이고 아야!

그 사이에서 나는
급한 호흡을 하며 견딘다.
그래도, 그래도
아직까진 지치지 않고 있다!

〈2017. 8. 8. (화)〉

그건 괜'찮아

남이 인'정 않는 일'에 내 뜻을 두고
일'하면서
비난 받는 건, 즐겁지 뭐.
약간의 무시.
그것도 괜'찮아.

그것 땜에 가사家事를 줄이는 거.
약간이라면 그것도 괜'찮아.
처자식에 대'한 책임이 문'제라면
문'제지만 ㅡ.
버틸 수만 있다면 괜'찮아.

이 위기의 순간을 뚫어
내가 이룬 열매를 내 가슴으로 안'고 와,
여럿 앞에 풀어 놨'을 땐,

비난은 칭찬으로…,
돌아섰던 친구들이
우우' 내게로 눈을 돌릴 걸.

이웃이, 마을이,

먼' 데가 가까워지고

내 손을 잡자며 몰려 올 걸.

〈2013. 7월 서른하루. 밤 9시 15분〉

손잡이

지친 시간 지하철에 서서, 내 중심이 흔들릴 때
기다리고 있었다며 손을 내미는 손잡이의 손길.
내 키에 맞는 높이에서, 손에 맞는 고리를 들고 있었군.

그걸 잡고 보니, 지하철 뿐 아니었네.
오늘, 내 머리가 따끈하다며 짚어주던
동료의 손이 있었지.

오늘 하루를 정확히 세어준 그 시간 모두가
잡아주는 손이었군,
하루를 숨 쉬게 한 폐' 활량의 공기 그것도.

내 부모, 조부모의 손길은 어쩌고?
내가 지닌 논밭 뙈'기,
고만한 내 영양營養이, 모두 그런 손잡이의 손길이었군.

그날의 신시神市가
손잡이의 손길로 이 지하철 간에 와 있네.

〈한국현대시 (2017 · 하반기호)〉

◇ 국민시의 변

이것도 하나의 길

신 현 득

여덟 번째의 국민시집을 내면서 할 말을 여기에 적는다.

동시 전공인 내가 국민시를 시작한 것이 87년이었다.

시의 난해시대에 있어서 전 국민에게 전달이 될 수 있는 시가 필요한 것 아닐까, 하는 소박한 생각에서였다.

시의 난해는 시문장의 모호성 때문에 오는 현상이다. 문장이 투명한 시라면 난해할 리가 없다. 그래서 나는, 시문장을 수필문장의 난이도에 맞추고 표현의 모호성을 없애면 난해 문제는 해결이 될 것으로 보았다. 이것은 난해하지 않은 문장으로 시를 써 온 동시 시인만이 할 수 있는 일이라고 생각을 하게 되었다.

오늘에 와서 예술 전반의 지향점이 되고 있는 모더니즘은 위대한 예술을 창조하였다. 시문학에 있어서도 그렇다. 그러나 시의 난해성 때문에 독자가 시를 떠나는 현상에 대한 대책이 필요하다는 생각을 할 수도 있는 것이다.

시가 반드시 난해해야 될 이유는 없다. 쉬우면서 독자에게 가까워질 수 있다면 그것도 가치를 인정해야 할 것이다. 쉽고 투명한 시도 이미지에 따라 시의 높낮이가 평가될 수 있다.

시는 난해해야 되며, 그러한 시어야 데뷔의 관문을 통과할 수 있다. 당선작이 그렇고 수상작이 모두 그렇다는 통념 때문에 습작기의 젊은이들이 자기도 모르는 율문을 얼버무리고 있다. 이러한 기현상에 대해서도 눈을 돌려야 할 것이다.

난해하지 않는 시라면 서정시가 있다. 예를 들면 소월의 시나, 청록파 초기의 시들과 같은 시류이다. 그러나 오늘에 와서는 서정시를 표방하는 시도 난해하기는 마찬가지다.

나의 경우, 국민을 독자로한 이런 시가 6집 『동부공정 저 거짓을 쏘아라』(2013)에 와서 '국민시'라는 유형 이름이 지어졌다. 유아들에게 읽어주는 시를 〈유아시〉, 어린이 주독자의 〈동시〉, 청소년 주독자의 〈청소년시〉에 이어지는 개념이다. 국민 모두를 독자로 하니 〈국민시〉인 것이다.

시인에 따라서는 대부분의 시, 또는 적게, 이 범주의 시 작품을 생산해 왔다. 그러난 난해시의 유형에 대립해서 장르 이름을 지은 것은 내가 처음인 것같다.

이 국민시가 쓸 만한 것인가 어떤가를 시작품을 통해서 살펴보기로 한다. 제1 국민시집의 제호가 된 1편을 보자.

우리의 심장

압록강, 한강이/만나는 자리
우리 하나씩 가진/가슴주머니.

동해와 서해/한 자리에 모인
우리 하나씩 가진/가슴주머니.

바다에 경계를/그어 놓아도
소금은 어디서나/피에 스민다.
〉
육지에 경계선을/그어놓아도
물은 흘러서/만나고 있다.

흘러서 괴인/가슴주머니.

〈제1국민시집 『우리의 心臟』(1987, 미리내)에서 「우리의 心臟」 전문〉

이 시의 주제는 통일염원이다. 세기의 죄악이 갈라놓은 분단을 두고 부르짖는 통일의 목소리는 강하고 큰 주제다. 한글을 아는 이라면 이 시를 읽을 수 있고, 이해할 수 있다. 모호한 표현이 없기 때문이다.

육지와 바다와 허공에까지 남과 북이라는 경계를 그어 놓았지만 압록강 물, 한강 물이, 바다에서 서로 만나 바닷물이 된다. 그러니 그 나눠졌던 강과 나눠진 바다의 소금기는 우리들의 심장이라는 가슴주머니에서 서로 만나고 있다. 놀라운 실재의 현상이다.

이 시에서 우리의 염원은 이루어져야 한다는 내용의 뜻을 쉽게 읽을 수 있다.

제2집에서 제호가 되어준 시를 살펴보기로 하자.

고향의 시어

같은 골짝물을 같이 마시면/고향 사람이라 하고
사투리 소리로 흐르는 물을/ 고향냇물이라 하고
듬직한 앉음새로 있으면/ 뒷산이라 하고
농악 가락에 우쭐대면/ 수양버들이라 하고
밟히면서 크는 것을 / 들꽃이라 하고
같은 내에 빨래를 하면/ 마을 사람이라 하고
두레박을 같이 쓰면/ 이웃이라 하고
밥상에 둘러앉으면/ 식구라 하고
번갈아 창밖에 서성대는 걸/ 해와 달이라 하고
해와 달을 따르는 것을/ 세월이라 하고—.

〈제2국민시집 『고향의 詩語』(2006, 세손)에서 「고향의 詩語」 전문〉

고향의 이미지를 지닌 시어들을 열거해 보았다. 두레박을 같이 쓰면 이웃이고, 밥상에 둘러앉으면 식구라 한댔다. 난해한 표현이 없다.

엄한정 시인은 「시법의 새로운 탄생」이라는 제하의 이 시집 평설에서 〈우리 향토에서 자란 사람들의 몸에 밴 친숙한 향토어, 정화된 우리 말의 집합체다. 재미 있지 않은가. 시어에 있어서 감동이나 매력 못잖은 것이 시를 읽는 재미다. 그것은 요즘의 시풍에서는 좀처럼 찾기 힘드는 특징이다. 골짝물, 고향 사투리, 뒷산, 농악, 수양버들, 들꽃, 빨래, 두레박, 이웃, 밥상, 식구와 같은 향토어를 동원하여 향수를 자아내고 해와 달을 인도하여 고향을 떠나 사는 사람들의 세월감을 절실하게 하는 역전의 묘미를 맛볼 수 있다.〉라는 말로 이 작품을 평했다.

상기 평어 중에서 〈요즘의 시풍에서는 좀처럼 찾기 힘드는 특징이다.〉 한 마디가 내 시문장의 특성을 논한 것으로 보인다. 어디 하나 난해한 데 없는 이런 시작품도 있을 수 있다는 말로 이해된다. 쉬워서 조잡한 시라는 말이 없으니 용기가 난다.

다음 제3집은 『고비사막 눈썹달』이라 이름지었다. 제호의 시를 살펴보자.

> 고비사막에도 달이 뜬다/ 눈썹달.//
> "내 고향에서 보던 달이네."
> 서역 순렛길 혜초 스님이
> 지팡이 끝으로 가리키던 달.
>
> "이 달이 오는 대로만/ 따라 오너라."
> 부처님이 손끝으로 퉁겨서 띄운달.
> 길잡이 하얀 낮달/ 눈썹달.//
> 일천 삼백년 오늘에도/ 이곳 모래 언덕에
> 하얀 달이 뜨는구나.
>
> 철길 뚫린 히말라야 뒤편 눈썹달이

다리 아프다, 차를 탈까봐 하지 않고

기차를 이끌면서 가고 있구나./ 서역 십만리.//

낡은 빛깔 왕오천축국전 한 쪽이

낮달 끝에 걸려 흔들리네./눈썹달.

〈제3국민시집 『고비사막 눈썹달』(2009, 세손)에서 「고비사막 눈썹달」 전문〉

이 시집의 평설에서 조한풍 시인은 이 작품을 다음과 같이 평했다.

〈아마, 이 시는 노시인이 서역 여행 중에 포착된 영감인 듯하다. 하현달보다는 그믐 쪽에 가까운 눈썹처럼 휘어진 낮에 나온 하얀 달을 보았을 것이다. 고향 땅에서도 보았고. 옛 혜초스님도 보았을 그 낮달을 이 구도자는 부처님의 손톱 같은 달모양의 이미지로. '부처님이 손끝으로 퉁겨서 띄운 달'이라 하였다. 낮달이 새로운 시적 영상으로 탄생하는 순간이다.

그 누구도 아직 표현하지 못한 시적 이미지가 신현득 시인의 고유번호가 찍히는 순간이다. 그 낮달은 배경과 시적 분위기로서만 아름다운 것이 아니라 사막의 길잡이라는 불변의 이유를 발견하고 있다는 점이 명품 시를 만들어내는 신현득 시인의 브랜드이다.〉

이 평설에서도 이 시가 너무 이해에 쉬워서 그것이 결함이라는 말은 없고, 칭찬만을 읽게 된다. 쉬워서 조잡한 시라는 말이 없으니 용기가 난다.

이 시를 구상하는 과정에서 있었던 일이다. 그믐 무렵의 서쪽하늘 눈썹달을 실크로드로 이어지는 고비사막 위에 띄우고 보니, 혜초의 진행방향을 서쪽으로 할 수밖에 없었던 사연이 있다. 기록에 의하면 혜초는 아시아 남쪽 바다를 돌아, 인도의 남부로 상륙하여 동 · 서 · 남 · 북 · 중앙의 다섯 천축국을 순례하였다. 돌아올 때에야 실크로드에 들어서서 동쪽으로 이동한다. 이것을 서행으로 변화시킨 것은 자품 구성 때문이었다.

다음으로 4집 『조선숟가락』에서 제호의 시를 살펴보자.

바닷바람을, 들판, 산천을, 텃밭을 / 통째로 뜯어다 얹고
된장 고추장 깔고, 보리밥 놓고/ 비벼 먹는 나라가 어디지?//
세상 원망도, 인생도,/ 이웃간 사랑도/ 무딘 사투리도/ 양념으로 놓아
썩—썩— 비벼먹는 나라가 우리다.

된장 떠먹기 좋게 큼직한/ 이것 저것 얹을 수 있게 널찍한 조선숟가락./
비벼먹기 좋게 좋게 우리 땅에서/ 모양을 다듬어 온 우리 숟가락.//
우리 입 모양에 맞게, 얼굴 모습에도 맞게
우리네 삶 그 무게에도 맞춘 묵직한 이걸로/ 썩— 썩— 밥을 비비며
"아픈 데가 여기로군."/ 일제의 도낏날에 찍힌 상처도 만져보다가
텔레비전 열어놓고

남아공 먼 땅에 뛰는 태극 용사들에게/ 손뼉 소리도 보내보다가
"골인이다!"/바쁜 손이 그 소리에, 숟가락으로 밥그릇을 댕댕
밥상을 탁탁 치다가//
그 기분으로 막걸리 한 사발을 꿀떡!
그 기분으로 고춧가루 간장 언친 꿀밤묵을/푹 떠서 꿀떡.

힘이 되고, 살이 되게 우리 혼을 퍼먹는/ 조선숟가락!

〈제4국민시집 『조선숟가락』(2010, 대양미디어) 「조선숟가락」 전문〉

이 시집의 평설에서 조병무 평론가는 위의 예문에다 「볏짚 민족」 한 편을 곁들여서 이런 평어를 술했다.

〈이상 두 편의 작품에서 보듯이 신현득 시인의 정신적인 모체는 우리 민족만이 지니고 있는 일상의 생활이고 관습이고 습관이다. 우리만이 보유하고 있는 고유의 많은 일상은 우리의 정신적인 모체로 남겨지는 것이다. 우리가 흔히들 서구 시의 사조에 몰두하여 우리의 정신적인 혼이랄 수 없는 세계에 한 편의 소재를 찾아 둠은 물론 그러한 사고에 몰입하는 경우가 많았다.

우리 민족의 일상이 되고 있는 '된장, 고추장, 보리밥'은 물론, '막걸리, 고춧가루'와 '조선 숟가락'의 풍요로움을 우리 정신의 모체로 함은 물론, '볏짚'과 '민족'의 동일한 모체가, 우리 민족의 실상임을 시인은 보여주고 있다.〉

이 평설에서도 이 시가 너무 이해에 쉬워서 그것이 결함이라는 말은 없고, 칭찬만을 읽게 된다. 쉬워서 조잡한 시라는 말이 없으니 용기가 난다.

제5집 『우리를 하나의 나라로 하라!』(2012)는 우리의 분단에 항의하는 주제였음을 책머리의 말에서 밝혔다. 제6국민시집 『동북공정東北工程 저 거짓을 쏘아라!』(2013)는 중공의 동북공정에 항의하는 주제였고, 일곱 번째 국민시집 『속 좁은 놈 버릇 때리기』(2015)는 항일시집이었음을 책머리의 말에서 밝혔다.

이번 제8 국민시집의 제호를 『노래하는 구지봉』으로 한 것은 우리가 수천 년 역사를 이어온 노래의 민족이라는 것, 생명들과 친해온 민족이라는 것에서 긍지를 갖자는 뜻이 있다는 말을 책머리에서 밝혔다. 구지가에서 시작된 가야의 역사가 작은 것이 아니었음을 일깨우는 데에도 목적이 있음을 말하기도 했다.

이상에서 살핀 바를 종합하면 국민이 같이 읽는 국민시가 있어서 나쁠 것은 없다는 결론이다. 이것이 시의 갈래가 될 수 있다면 이 부류에 대한 기능자는 투명한 시 만을 다루어 온 아동문학가, 동시 시인들이 될 것이다.

오늘 이 논지는 아동문학가들에게 일반 자유시의 길을 여는 발언일 수도 있다.

신현득 제8국민시집
노래하는 구지봉

2017년 12월 20일 인쇄
2017년 12월 28일 발행

지은이 : 신 현 득
펴낸곳 : 대양미디어
펴낸이 : 서 영 애

서울시 중구 퇴계로45길 22-6(일호빌딩) 602호
등록일 : 2004년 11월 8일(제2-4058호)
전화 : (02)2276-0078
E-mail : dymedia@hanmail.net

ISBN 979-11-6072-019-8 03810
값 10,000원

이 도서의 국립중앙도서관 출판예정도서목록(CIP)은 서지정보유통지원시스템 홈페이지(http://seoji.nl.go.kr)와 국가자료공동목록시스템(http://www.nl.go.kr/kolisnet)에서 이용하실 수 있습니다.(CIP제어번호 : CIP2017035622)